KB274825

은빛 소나기

은빛 소나기

초판 1쇄   2011년 5월 2일
초판 3쇄   2012년 4월 13일
지은이   박명숙
펴낸이   김영재
펴낸곳   책만드는집

주소   서울 마포구 합정동 428-49번지 4층 (121-887)
전화   3142-1585·6
팩스   336-8908
전자우편   chaekjip@naver.com
출판등록   1994년 1월 13일 제10-927호
ⓒ 박명숙, 2011

ISBN   978-89-7944-359-2 (04810)
ISBN   978-89-7944-354-7 (세트)

책 만 드 는 집
시인선 006

박명숙 시집

은빛 소나기

책만드는집

| 시인의 말 |

‘니가 시인이가
시인은 그래 사나’
엄마가 말씀하셨다

온몸으로 삶을 받아쓰신 평생
엄마는 가셨다

18년 만에 첫 시집을 묶는다

도망가고 싶다

—2011년 봄에
박명숙

3부

4부

1부

초저녁

풋잠과 풋잠 사이 핀을 뽑듯, 달이 졌다

치마꼬리 펄럭, 엄마도 지워졌다

지워져, 아무 일 없는 천치 같은 초저녁

처서

귀뚜라미가 돌아왔다
못갖춘마디로 운다

허물 벗은 첫 소절이 물먹은 어둠을 파고든다

낯익은
울음을 만날 때도
모노드라마로 운다

가슴에 목젖을 묻고
초사흘 달처럼 운다

덜 여문 곡절들이 풀씨보다 쌉싸름하다

가다가
낯선 울음 채면
귀청을 딸각, 끄기도 한다

여름 우포

늪은 삼엄하다
물샐틈없는 초록이다

미어지는 오장육부
활처럼 끌어안고

숨죽인 여름의 눈빛
창궐하는 침묵이다

검은등뻐꾸기

한편, 당신 이름은 언제든 '홀딱벗고'이다

이맘때쯤 샛길 몰래
잔바람 기어들어도

무성히
껴입은 외로움
그만, 홀딱 벗는다

홀딱 벗고, 네 박자로 다급하게 울음 운다

된비알 높은 목청
무시로 무너뜨리며

귀먹은
열두 폭 청산
홀딱 벗고, 달아난다

다알리아, 엄마

아리도록 붉은 그늘
뒤란에 심어놓고

볕 달은 한나절
익은 장을 뜨는 엄마

바람은 홑적삼 가득
첫더위 닦고 가네

이월, 해운 동백

18

삼킬 수도 없고
뱉을 수도 없이

초승을 머금고
벼랑을 견디는 사랑

끝사리
여윈 볕살만
해풍에 눈이 깊다

납월매

따뜻한 자궁이었겠다, 볕살 쪽으로 들어선
금둔사 수묵정토 납월매가 태를 튼 곳
몇 그루 성긴 목숨이 빈 하늘 물들였다

새의 기별 닿지 않는 해쓱한 나뭇가지
부리 작은 꽃들이 허기를 쪼아대면
헛헛한 생의 한나절 핏물이 우련 돌고

우수절 해토머리 불현듯 적막한데
귀 시린 노을 업고 고샅길 서성대는
바람 속 나무 그림자 잔등이 젖어 있다

해수관음

헌 옷처럼
늙어버린 평생의 당신 기도

한세월 올이 풀려 낮달처럼 삭은 기도
고무신 닳고 닳은 채 벼랑에 선 당신 기도

어머니
연꽃을 내려놓으세요, 제발

무엇도 덧댈 수 없는 자투리만 남은 기도
자꾸만 해 짧은 세상으로 미끄러지는 당신 기도

오후 네 시

은행나무
외그림자

군더더기 없이
간결하다

한 줄의
문장처럼

호젓한
오후 네 시

창문 밖
마른 키의 남자가

하나뿐인
이웃 같다

해인 백중

달빛이 칼날 물고 해인 계곡 건너간다

청솔 숲 베어내고
선바위 내리치며

백중날 해인 계곡을 소나기 달빛 건너간다

밤이 기울수록 달빛은 불어나고

건널 수 없는 대명천지
사나운 그 물살을

백중날 해인 계곡이 알몸으로 굽이친다

고요

뙤약볕이
그늘을 끌고
골목길
돌아간 뒤

메아리처럼
굽이치는
능소화
담장 아래

암늑대
주린 눈으로
고요가
일고 있다

자화상

-이정아, 2008, Acrylic On Canvas, 90.9×72.7cm

누군가의 아픈 눈물로
그 몸이 젖은 걸까

젖은 몸에 가시 돋아
불꽃으로 타오르는가

어둠에
퍼붓는 어둠에
심지 꽂고 가는가

지느러미 간 곳 없고
꼬리도 잃어버린 채

신새벽 잠 못 드는
가시고기 한 마리

아득히

입 벌린 심해를
붉은 목숨 건너가는가

오장폭포

가뭄은
되알지고
갈 길은
폭폭합니다

되꼬이는 오장육부
숨길 곳 없는 봄날

춘궁을
내리그으며
내 몸은
흉흉합니다

저 산 저 멀리

홑꽃이
홀몸으로
피었다 진다 한다

예서 멀다
첩첩, 저 산
돌아온 이 없다 한다

저 멀리
저 언덕 너머
홀새가 운다 한다

2부

銀竹

까마귀고개

은빛 소나기

댓살처럼 내리꽂히는

큰외갓집 가는

산길

똬리 튼 고요 한 채

칡덤불

기어 나오며

푸른 날숨 뿜고 있다

엄마 생각

엄마가 기어온다
구절양장 기어온다

날 모르는 하얀 엄마
갈 곳 없는 갓난 엄마

젖 먹던 힘을 다해도
내게 오지 못한다

오던 길은 놓치고
가는 길 알 수 없어

네 발걸음 머뭇대는
이승의 해넘이 길을

북망이 자궁을 열고
긴 탯줄 풀어낸다

엄마를 받아 안고
북망은 만삭인데

엄마 잃은 내 꿈이
연옥으로 눕는다

온 세상 젖이 불어도
먹일 수 없는 엄마

여름밤, 고흐

34

작달비 부러지듯
갈필 자국 흩어지는

그런 밤을 건넌다
명 짧은 여름밤

산발한
해바라기꽃
작두날을 건너듯

먼지잼

먼지나 재운다지만
더 재울 것 없는지

바람의 동행 없이
비의 목록에 오른 맏물

머리맡 스산한 꿈은
잠재울 날 없는지

이삿날

이삿짐을 내렸다
머리칼까지 끌어 내렸다

무덤이 된 옛집이
적소보다 낯설다

초가을
거짓말처럼
하늘만 높푸르다

적빈을 완장인 양
차고 다닌 반평생

돌보지 않은 가난이 들풀보다 무성하다

초가을
하관을 하듯
내 빈 몸도 내린다

운주 와불

하늘 아래 누웠으니

하늘이 일으키리

바람 불면 구름들도

뒷발 들고 일어나리

산정에

드러누운 잠

눈보라가 일으키리

초흐은릉엥*

-초은, 청주여자교도소

1
하루에 삼십 분쯤
하늘이 다가온다

죽어서도 가야 할 고향 하늘 아니지만

열아홉
검은 이마에
솜털이 일어선다

캄보디아의 가난은
차라리 청명했을까

삼십 분짜리 하늘 아래 딸 사진 들여다보면

한목숨
옮겨 심은 아이

꼬리연으로 날고 있다

2
남몰래 캄퐁참의 태양을 삼켰거나
끝끝내 캄퐁참의 바람을 걸쳤거나

오늘은
내 말 들어라
천만 원짜리 초흐은릉엥

식어가던 네 태양은 아직도 지지 않고
무심하던 네 바람도 지금껏 뒤채지만

오늘은
내 잔을 받고
주린 배를 일으켜라

돌아갈 수 없느니, 그리운 옛집으로
가위눌린 꿈일랑 빗장에 걸어놓고

오늘은
내 팔 베어라
피에 젖은 초호은룽엥

<hr>

* 캄보디아 캄퐁참에서 한국으로 시집온 열아홉 살의 초은(한국명).
  남편 살해범으로 복역 중 딸 유나를 낳았음.

오월 어귀

다만 깨끗할 뿐
그렇게 가뿐할 뿐

징검 딛듯 논물 건너는 한두 마리 왜가리처럼

초여름
피돌기 끝낸
외걸음이 그러할 뿐

다섯 살, 월식

누군가 달빛을 조이고 있나 보다
엄마 등에 업혀 가던 다섯 살 그 달빛을
누군가 달빛을 감아 어린 목 조이나 보다

시냇물 닮은 가늘디가는 그 밤의 엄마 목을
으스러지게 끌어안고 죽을 듯 매달리던
누군가 달빛에 묶어 먹어치우고 있나 보다

발치하듯

발치하듯 이승의 목숨 한껏 뽑아들었다

남은 밑동
핏물 밴 채
무간지옥
돌고 있었다

어둠의 아킬레스건이
끊어질 듯
창백했다

작은고모

덕유산 기평마을 작은고모 살고 있지요

밤이면 황금벌레들 하늘 가득 살림 나는 걸

허리를 접고 앉아서 나방처럼 지켜보지요

데룩데룩 이리저리 바쁜 하늘 기어 다니며

몸 부딪고 배 뒤집는 별들의 난장을

처마 끝 거미줄 사이로 까무룩이 바라보지요

어쩌다 툭, 풋감처럼 떨어진 황금벌레가

이슬 젖어 꾸물꾸물 섬돌까지 기어들면

두 날개 파닥거리며 고모 혼자 잠 못 들지요

봄날

- 진평

왕은 죽어서
젖무덤만 남아서

남풍 부는 아침이면
약속처럼 젖이 돌아

꽃다지
떼로 몰려와
우·우·우·우 기어오르네

삼월, 꽃을 보내며

46

애벌 햇살 감질나게
꿈엔 듯 머문 봄날

홑적삼 솔기마다
샛바람 파고들면

조붓한 내리막길도
뒤품이 가파르다

바람의 이름으로

초속 0.2미터로
삶을
달려본 적 있는가

잎새 하나 손대지 않고
무성한 세상을 빠져나가는

하짓날
고요*라는 바람
만나본 적 있는가

* 초속 0.2미터로 부는 바람의 이름.

3부

정선에서
−정정성*

아우라지
강이야
급할 것 하나 없어

이 산 저 산
불러 모아
젖이라도 먹이려나

속 모를
당신 오지랖
대자비한 그늘처럼

* 수필가.

여름 한낮

알뿌리를 내놓고
구릿빛 허리 튼 나무
더위가 기어올라
목덜미에 입을 대자
가지에 매달린 아이들
오디처럼 타들었다

성푸른 잎새들
빗겨주던 바람도
긴 눈썹 다물고
풋잠을 청하는데
첨
버
덩
구름이 하늘을 벗고
강으로 뛰어들었다

홍련 소식

늑장 여름이 막 탈고한 혼신의 역작 한 편

유등지 배꼽 뚫고
붉은 목숨 길어 올린

설화는
지금 한 대목
부귀영화도 한 대목

낮달

아현동 산 7번지
아가야,
달아나지 마

정오의 괘종시계
옛집의 낡은 음성

젖 줄게
달아나지 마
개 짖는 소리 컹 컹 컹

왕십리

―소월 생각

첫 어둠이 소문 없이 돋고 있는 왕십리
다급한 귀갓길을 자동차들이 쏟아지는데
몸 세운 포장마차 불빛 머리카락이 카랑하다

어둠이야 발 빠르게 골목을 앞장서지만
인기척 하나 없이 가는 목을 뒤채는 길
헛헛한 저녁의 뒷덜미 이십 년대로 젖는다

몇십 리 더 써먹어도 끄떡없을 불빛 속으로
왕십리 네거리의 심장을 관통하며
어둠은 장대비처럼 씨알 더욱 굵어지는데

마음 지레 장마 지는 으슬한 오르막길을
뜨거운 노래 들려온다 젖지 않고 따라온다
하늘이 떠나가도록 어둠이 목을 놓는 곳

현장

환삼덩굴과 새콩덩굴이
바야흐로 공생 중

들여다보면 용호상박
처절한 접전 중

전신주 퍼렇게 맹독 오른
삼복염천 개울가

달빛 오르막

오늘 밤
하현 달빛은
뒷자락이 끌린다

무성히 외로움만 차오르는 달빛 오르막

발끝에
채는 어둠을
한 생애로 받는다

현호색

58

어둠을 장전한 채
여차하면 몸 날릴 듯

거친 숨 내뿜으며 뒤흔드는 다발 머리

새벽을 불침번 서는
메두사를 보았다

소피아에게
−영화 〈톨스토이의 마지막 인생〉

원죄 없는 소피아, 내 인생의 마지막 역
사랑은 더 이상 늙어가질 않는데
몇 개의 간이역들은 날 기다려 늙어가네

불빛 잠든 당신의 집, 맨발로 빠져나와
빛나는 검은 흙에 입 맞추며 작별하네
순결한 자작나무 잎, 달빛을 흔드는 밤

그토록 타오르던 그대 그림자 뒤로 두고
다만 홀로 저물어가는 낯선 간이역에서
비로소 사랑을 잃고는 어디로든 가지 못하네

추야우중

가파른 밤

가을비가
수컷으로 타오른다

목울대 우렁우렁
진창으로 타오른다

불빛을 물레 돌리는
검은 팔뚝이

숫비리다

회룡포에서

굽이돌지 않으면
아무 데도 갈 수 없어

적막한 한 생애
뉘엿뉘엿 배밀이하듯

서천을
에도는 옛꿈도
타래처럼 여울지느니

사랑 짜기

곤한 목숨 달빛에 걸어 날과 씨를 엮는다
슬픔은 잉아로 오르고 기쁨은 바디로 앉아
서로가 만날 수 없던
한낮의 틈에 북을 넣는다

짧은 밤을 타래 감아 베틀로 올려놓으면
삐걱이는 용두머리의 꿈 버선발에 걸리고
불빛에 그림자 흔들리며
거친 삶이 타든다

산도 물도 잠재우고 홀로 눈뜬 어둠 속에
빈 가슴 당겨내며 올 성긴 세상 짜노라면
사랑도 걸음걸음마다
말코에 감겨든다

잔주름 여원 등피 돌아드는 꽃샘바람
눈동자 영근 샛별이 뼈마디에 파고들어

풀 세운 무명빛 아침
저만치서 눈 시리다

잎 그늘

거미 떼처럼
몰려다니며
그늘은 즐겁다

일렁이는
햇살 무늬
틈샛짓도 물오른 날

초름한
느티 잎마다
말문들을 트고 있다

진달래 숲에서

붐비는 빛, 발 디딜 틈도 없는 북새통 속
몰래 여읜 그리움을 휘모리로 불사르며
한바탕 자지러지게 사랑이 누설되고 있다

내친김에 뼛속까지 추억을 뒤지다가
창궐하는 세균처럼 감염되는 봄 숲에서
아득히 코피 터지는 볕살조차 위험하다

4부

매미꽃

초록은
초록으로

그렇게
길을 갚고

길은
길로써

초록을
갚아나갈 때

편백 숲
등걸잠 안고

매미꽃 홀로
술래, 돈다

개상사화

초경을 치르는 날

선운 숲은 어둡다

눈썹 긴 처녀들은

혼령보다 서늘한데

도솔천

낭자한 선혈이

세상으로 새고 있다

골안개

끝소리 뭉개지는
저 여자 목소리

비 갠 골골마다
궁뎅이 담그고선

말꼬리 어물거리네
마음만
그렁하네

저 달 속에

마을에 보름달이 막사발만 하게 떠오르면
인중 길고 눈두덩 꺼진 냇가의 고목들은
흉흉한 전설 속으로 날숨을 내뿜는다

계수나무 뿌리 뽑히고 초가삼간 떠돌며
달무리 소용돌이치는 이런 날 밤이면
대숲을 스치는 바람에도 양친 부모 죽어난다

허리 휜 외눈박이처럼 천년만년 살고 싶은
한 종지 기름으로 타드는 심지 좀 봐
저기 저 보름달 속에 죽지 못한 저 달 속에

말 없는 말

빛의 전원을 끄고 말의 전원도 내렸다
능소화만 해진 귓바퀴에 꽂히는 천둥소리
떠도는 정체불명의 장대비로 넋을 놓는다

핏물로 혀 적시던 지난 세월 뉘우치면
한 올의 촛불도 어둠을 용서하고
두 귀를 파먹는 고요가 늦은 밤을 헤집는다

불면

단단한
적막들을
깍둑깍둑
썰어내고

덧나는
어둠들을
켜켜로
저며내면서

아직도
외로움은 난항 중
진부한
저녁 너머로

기다림

만나기로 했지만
볕살만 찢어질 듯

바람 성긴 흙탕물에
연잎만 너울너울

한 끼니
자투리 하늘
해종일 허기진다

실상사 가는 길

76

남녘 들 나지막이 외가처럼 앉은 절집
해묵은 간장 냄새 독경 소리에 배어들면
천왕봉 늙은 젖가슴 노을보다 따뜻하다

한세상 허기진 목숨 어질머리로 돌아들 때
화엄 천년 소롯길은 똬리를 무장 풀고
불 지핀 배롱나무꽃 산문 밖이 환하다

은발

비바람으로 길러온
그대 푸른 머리칼

소슬한 눈보라가
돌고 있는 겨울 한철

한세월
소장해도 좋을

명품의
그대 가난

홀아비바람꽃

78

홀아비라는데 목이 길다
흰 얼굴 고요하다

초름히 혼자 앉아
햇살을 짚고 있다

이따금
물 같은 적막이

목덜미 너머
비늘진다

눈부처

방금
여우비 다녀간 자리에

빗물을
머금었다 내뱉었다, 하는
파리

입에 문
빗방울 속에
피었다, 애기원추리

상강

바람이 발품 팔아
귀동냥한 겨울

한뎃잠 든 내력들을
둥지 속에 불러들이면

상강날
옹달우물은
살얼음이 뜨겁다

토르소

잔머리도
굵은머리도

이제 더는
굴릴 수 없어

무엇을 받쳐 들고
세상으로 나아가나

몸통만
덜렁거리며

길을 잃고
길을 갈 뿐

5부

아버지
-금강

사내 등에 업혀서 알몸으로 따라오던 날
세상은 내 몸보다 한 굽이씩 추워졌지요
갈수록 삭정이 같은 뼈마디도 불거졌지요

풀섶을 감고 다니던 무성한 바람이며
나뭇잎 사이사이 목덜미 물던 쑥꾹새며
천만 근 아버지 말씀 내려놓으라 했지요

이승의 낯선 윗목 성긴 무명의 삶이었지만
사내의 눈길 앞에서 밤새 녹던 눈발 보며
내 몸도 흙으로 그만 부서지길 빌었지요

금강산 깊은 계곡 기척 없는 달맞이꽃
먹물보다 쓴 그리움 달빛으로 우려내며
세상을 허락하신 아버지, 까마득히 벼랑이지요

남원행

완판본 춘향전 따라
광한루 들어서면
열여섯 입술을 앙다물고
엉겅퀴가 피어 있다
낮에도 가시가 돋쳐서는
시퍼런 꿈을 쏟고 있다

알몸뚱이 새벽마다
남은 어둠 긁어내며
한여름 들판에다
댕기 채 풀던 생애
핏방울 목젖에 채우고
고슴도치 새끼를 뱄다

남녘에 혼자 살았다는
이름 없는 춘향이가
바람만 불고 가면

왜 그렇게 피어나는지
빈 하늘 멱살을 잡고
사랑은 갈기를 세운다

가슴 속 옥비녀 뽑아
가르마를 타는 세월
허기진 황토 마루
혓바늘만 돋는 길에
읽다 만 완판본 춘향전이
숲으로 차오른다

그해 입동

수인선 협궤열차 열세 시 반 차표 한 장
대합실 휑한 속을 갈바람만 뒹굴었던가
개찰구 문이 열리자 내 오후도 개찰되었다

옹색한 그 외길을 어떤 힘이 끌었는지
욕망이나 절망이나 가난 같은 바퀴들이
들바람 맞서 껴안고 얼마나 달렸는지

서해안 노을 앓으며 변두리를 돌던 일상
간밤 꿈은 굴러나가 통로 사이 걸리고
경적은 갯벌에 빠져 허리를 끊어냈다

끝물로 터지는 숨결 코끝이 달아올라
빗장 건 염전 몇 채 갈밭머리 내려앉으면
시간도 굼뜬 몸 일으켜 들불을 놓아가고

무거운 삶 매달고 건너가는 군자 달월 소래

첫눈이 곧 내릴까 여위는 걸음 잴 수 없는데
폐역엔 쿨룩이는 풀꽃만 입동을 떨고 있었다

가을 편지

밀봉한 가슴을 열면 재채기가 쏟아진다
들꽃 향기 토해놓고 메밀밭 새로 숨는 얼굴
솔바람 돋는 뜨락에 아침을 풀어놓는다

햇살 되어 실오리로 무릎에 걸터앉거나
햇살 되어 손마디에 가락지로 끼이면서
네 얼굴 가을 물 같은 한낮으로 배어든다

일렁이는 시오리 산길, 가슴에 흘러들면
네가 부친 먼 하늘은 목젖을 누르고
한 모금 풀잎 사랑도 눈썹 끝에 매달린다

식어가는 찻잔을 세월 위에 내려놓고
시월상달 귀밑머리 풀리는 우리 인연에
달빛만 푸르게 길어 답신을 봉한다

환절기

오늘도 콧물이 새벽잠을 깨워놓았다
휴지통인 듯 콧구멍 보며 의사는 말이 없다
궁금한 침묵에 대고 재채기가 또 터진다

미천골 산비탈 닮은 굴참나무 못 되고
꽃대궁 땡볕에 맡긴 감자꽃도 못 되어
내린천 차디찬 물로는 언제쯤 나를 씻나

직립한 빌딩 사이 어지러운 백주대로
매캐한 일상 따라 흙바람 일어서고
몸뚱이 다락처럼 뒤지며 한 계절이 달려든다

그믐달

닳아빠진 호미 날이 하늘을 긁고 있다
가문 비탈 베고 누운 어머니의 밤마다
아이는 아득히 따라와 젖무덤을 헤집는다

타다 만 불티들이 어둠 속 날아올라
거친 골 늙은 뺨에 검버섯을 앉히는데
산밭은 흰 뼈 내밀며 머리맡에 뒤챈다

달빛 아래 누운 길 물레로 감아내고
허리 긴 근심 깨워 호미 날을 세우면
문고리 흔드는 냉기 생무릎을 저민다

어수선한 한밤을 다시 잠들지 못한다
뒤란의 감잎 몇 장 낮은 그늘 흔든다
평생의 허기진 맨발 사립 밖을 나선다

이빨 빠진 바람만 세월을 우물거리며

머리칼 흐트러진 고샅길로 달아나고
하늘엔 은빛 호미 날 세상을 매고 있다

겨울 강

남은 등불 까치밥처럼 숲으로 떨어지고
들창마다 쌓인 밤이 별빛에 닿는 동네
강물은 어둠의 솔기 타고 밀주처럼 흘러나왔다

해바라기하던 아이 어지러운 잠이 들고
눈동자 영근 풀씨도 물살에 몸 씻는데
여인은 안개를 덮고 처마 가득 귀가 익는다

갈밭에 발목 빠지며 바람도 지친 길을
호젓한 꼬리 저으며 한세상 흘러든 강
가슴을 파랗게 열고 나룻배 띄워놓았다

베를린 천사의 시에 부쳐

기어코 세상으로 당신은 뛰어내렸지
화면은 만화경으로 출렁대기 시작했어
색깔을 뒤집어쓴 뒤 다시는 벗을 수 없었지

영혼 깊이 세상의 기쁜 문신을 뜨고
오래된 빛을 팔아 어둠의 피를 마시며
사랑의 뜨거운 생로병사 순간에다 바쳤지

흑백의 전설 되어 다시금 외로워지길
하늘의 고통으로 광대무변하게 살아남길
벼랑 끝 날개 잃은 시에게 빌 수밖에 없었지

산새들이 운다

산새들이 운다
물결처럼 운다

물결처럼 울면서
아침을 밀고 간다

산 첩첩
잠든 아침을
송곳 부리로 밀고 간다

울면서 떼를 지어
골 겹겹 넘어 간다

안개비에 젖은 세상
일렬횡대로 지른다

왁자한

흥부네처럼
고픈 노래 끌고 간다

암벽 타는 사람

암벽은 하늘로
치솟는 중이다

누구나 걸어서
하늘로 오른다

암벽은
밀촛불처럼
걸음걸음 까물댄다

눈발이 깊어진다
몸 밖은 허공이다

걸어온 길에게
갈 길을 묻는다

암벽은

제 몸 지우며
서둘러 하산 중이다

해바라기

고요가
형벌보다
무서운 아이와

고요가
은총보다
그리운 어른이

애타는
해바라기처럼
마주 보고 삽니다

천남성은 첫남성이다
-이유미

지금도 천남성을 첫남성으로 읽는지요
남천을 사수하는 수문장 같은 그 남성
때때로 맹독의 사랑은 생명마저 위협하거늘

하늘 맑은 날에도 부리 긴 챙모자로
작은 얼굴 암초처럼 묻어놓고 살지만
가다가 남성이 부끄러우면 남성도 버린다거늘

간결하고도 속 깊은 서정

―박명숙론

유성호 **문학평론가·한양대 교수**

1

박명숙 시인의 첫 시집 『은빛 소나기』에는, 근자 우리 정형 시단에서 만날 수 있는 최상급의 심미적 집중과 서정적 온축이 단단하게 스며 있다. 인상적으로 요약하자면, 그녀의 첫 시집은 시편마다 매우 고른 균질성을 유지하고 있고, 기억해둘 만한 가편佳篇들을 페이지마다 꼭꼭 숨겨두고 있다. 작품 편차가 심한 경우와 전혀 다른 데다, 일정한 구심적 기획에 의한 시집 구성과도 판이한 구체적 실질實質이 아닐 수 없다.

그런가 하면 이번 시집에는 사설시조를 비롯한 일종의 변격變格 시편들이 전혀 들어 있지 않다. 박명숙 시인은 그야말로 정격正格의 언어와 고전적 태도만을 오롯하게 견지한 채, 완강할 정도의 형식적 일관성을 취하고 있다. 그 점에서 이번 시집은 내용적 균질성과 형식적 고전미美를 동시에 결속한 성과라고 할 수 있을 것이다.

이 글에서는 이러한 선언적 평가를 뒷받침하는 충실한 해석을 통해, 은은하게 빛을 뿌리고 있는 『은빛 소나기』의 개개 시편들에 대한 의미론적 구성을 수행하려 한다. 그럼으로써 우리는 박명숙 시편들이 우리 정형 시단에 비로소 자신의 첫 목소리를 발화發話하는 눈부신 순간을 만나게 될 것이고, 그녀의 간결하고도 속 깊은 서정적 언어들을 경험하게 될 것이다.

2

박명숙 시편의 외관에서 가장 먼저 눈에 띄는 것은, 자신의 시적 본령을 단수 미학의 완결성에서 찾고 있다는 점이다. 자연 사물을 표제로 하는 대개의 단수 시조에서 그녀는 사물과 내면을 유추적으로 상응相應케 하는 내밀한 상상력을 선연하게 보여준다. 사물 따로 내면 따로 어색하게 병치되는 것이 아니라, 그러한 난점을 능숙하고 일관되게 넘어서면서 그녀 시편들은 사물의 외관과 내면의 정서를 견고하게 결속시키는 고유한 힘을 가지고 있다. 시집 맨 앞에 실린 작품을 먼저 읽어보자.

풋잠과 풋잠 사이 핀을 뽑듯, 달이 졌다

치마꼬리 펄럭, 엄마도 지워졌다

지워져, 아무 일 없는 천치 같은 초저녁
　―「초저녁」 전문

　선명한 감각적 이미지와 그 안에 농밀하게 축약된 서사 narrative, 그리고 시인의 암시적인 해석적 개입까지 이 시편은 매우 자연스런 시상詩想을 통해 단수 미학의 범례範例를 보여준다. 초저녁에 얼핏 든 풋잠 사이로, 그동안 시인의 기억을 지탱하던 핀을 뽑아버리기라도 하듯 '달'이 진다. 그 순간 치마꼬리 펄럭이며 '엄마'도, 혹은 '엄마'에 대한 기억도 동시에 지워져 간다. '달'과 '엄마'가 동시적으로 지워진 뒤 "아무 일 없는 천치 같은 초저녁"에 홀로 남겨진 시인은 이렇게 이울어가고 지워져 가는 존재자들을 통해, 그리고 '초저녁'이라는 소멸 직전의 시간을 통해 소멸 지향의 상상력을 완성하고 있다. 이 시편은 지워져 간 '달'과 '엄마', 그리고 홀로 남겨진 '초저녁'을 통해 우리 삶의 알 듯 모를 듯한 슬픔을 가득 흩뿌려 주고 있다. 아름답고 애잔하다.

하늘 아래 누웠으니

하늘이 일으키리

바람 불면 구름들도

뒷발 들고 일어나리

산정에

드러누운 잠

눈보라가 일으키리
―「운주 와불」 전문

까마귀고개

은빛 소나기

댓살처럼 내리꽂히는

큰외갓집 가는

산길

똬리 튼 고요 한 채

칡덤불

기어 나오며

푸른 날숨 뿜고 있다
―「銀竹」 전문

　운주사 와불臥佛을 노래한 앞 시편은 '누움 / 일어남(일으
킴)'의 대위對位를 통해 '하늘'과 '바람'과 '구름'과 '눈보라'
의 역동성을 품어 안은 산뜻한 소품이다. '산정山頂'과 '드러
누운 잠'의 수직성이 교직되는 순간, 우리는 와불의 형상에

106

서 다시없는 '역동의 고요'를 느끼게 된다. 이렇게 성속聖俗이 한 순간에 들어 있는 장면을 통해 시인은 단수 미학의 언어 경제를 깔끔하고 아름답게 구현한다.

시집 제목이 한 구절로 들어 있는 뒤 시편 역시 '銀竹'에 관한 산뜻한 풍경 한 폭을 그려낸다. '은죽'은 '은빛 나는 대나무 줄기'라는 뜻으로, 소나기를 비유적으로 이르는 말이다. 그 '은빛 소나기'가 까마귀고개에 '댓살'처럼 내리꽂히는 순간, 시인이 오가던 "큰외갓집 가는// 산길"에는 푸른 숨으로 나오는 칡덤불이 '고요 한 채'와 함께 있다. 소나기가 한순간 나간 뒤, 생명 약동의 풍경을 잡아챈 순간적 삽화가 아닐 수 없다. 그리고 시인은 그 '은빛 소나기'가 내린 길이 '큰외갓집'으로 뻗어나간 길임을 암시함으로써 풍경과 내면을 다시 한 번 만나게 하고 있다.

이처럼 박명숙 시편의 둘도 없는 원천은, 간결하고도 속 깊은 단수 미학에 놓인다. 다음에 펼쳐질 시편들은 이러한 단수 미학의 심미적 완결성에서 파생되고 확장된 결실들이다. 말하자면 그녀는 단수 미학의 단단하고 완결된 토대 위에서 자신만의 고유한 미학적 진경進境을 펼쳐가고 있는 것이다.

3

이번 시집에서 우리가 주목하게 되는 것은 시인이 매우 다양한 서정의 계기들을 마련하고 있다는 점이다. 자아와 타자, 기억과 현실, 사물과 사람살이 등에 대한 기막힌 균형 감각으로 그녀는 우리 삶을 구성하고 있는 요인들이 저마다 다양한 서정의 보고寶庫가 될 수 있음을 보여준다. 먼저 그녀는 '어머니'를 제재로 한 시편들에서 자신의 시적 발생론을 노래한다. 모성에 대한 애틋한 기억과 경험이 그녀 시의 지층을 형성하고 있는 것이다. 물론 '어머니'의 시적 재현이 박명숙만의 고유 브랜드는 아닐 것이다. 거의 모든 시인의 기억 속에 어머니는 그 자체로 생성적 원형이요, 짙은 트라우마요, 신생의 진원지이지 않은가. 하지만 박명숙 시편에서 '어머니'는 그 형상의 고유함으로 각인된다는 점에서 기억할 만하다. 그 세계로 다가가 보자.

아리도록 붉은 그늘
뒤란에 심어놓고

볕 달은 한나절
익은 장을 뜨는 엄마

바람은 홑적삼 가득
첫더위 닦고 가네
―「다알리아, 엄마」 전문

이 아름다운 시편에는 '다알리아'와 '엄마'가 하나의 영상으로 겹쳐져 있다. 마치 앞의 작품에서 '달'과 '엄마'가 동시적으로 소멸해가는 순간을 그렸듯이, 시인은 "붉은 그늘 / 뒤란"에 심어진 다알리아와 "익은 장을 뜨는 엄마"의 영상을 순간적으로 겹쳐놓는다. 그때 불어오는 바람이 홑적삼 가득 첫더위를 닦고 가면서, '다알리아'는 '엄마'의 모습으로 서서히 번져가고 하나로 각인된다. 이러한 '엄마'의 애틋하고도 선연한 이미지는 다음 시편들에도 아름답게 이어진다.

헌 옷처럼
늙어버린 평생의 당신 기도

한세월 올이 풀려 낮달처럼 삭은 기도
고무신 닳고 닳은 채 벼랑에 선 당신 기도

어머니
연꽃을 내려놓으세요, 제발

무엇도 덧댈 수 없는 자투리만 남은 기도
자꾸만 해 짧은 세상으로 미끄러지는 당신 기도
―「해수관음」 전문

누군가 달빛을 조이고 있나 보다
엄마 등에 업혀 가던 다섯 살 그 달빛을
누군가 달빛을 감아 어린 목 조이나 보다

시냇물 닮은 가늘디가는 그 밤의 엄마 목을
으스러지게 끌어안고 죽을 듯 매달리던
누군가 달빛에 묶어 먹어치우고 있나 보다
―「다섯 살, 월식」 전문

앞 시편의 '해수관음'은 대개 중생들을 피안으로 이끌기 위해 바다를 바라보고 있는 모습을 하고 있다. 그 모습에서 '어머니의 기도'를 시인은 떠올린다. 이제 어머니의 기도는 헌 옷처럼 늙어버렸고, 올이 풀려 낮달처럼 삭았고, 고무신 닳은 채로 벼랑에 서 있다. 시인은 그 어머니의 열망과 기도가 이젠 자투리만 남아 해 짧은 세상으로 미끄러지는 것을 바라보고 있다. 시인 박명숙에게 '엄마(어머니)'는 앞에서 본 「초저녁」처럼, 늙고 삭고 낡고 닳고 사라져가는 이미지로 존재한다. 대개 푸근한 안온의 이미지로 그려질 법한 어머니상像과는 전혀 다르고 그만큼 각별하다. 이러한 소멸의 이미지는 "엄마를 받아 안고 / 북망은 만삭인데 // 엄마 잃은 내 꿈이 / 연옥으로 눕는다 // 온 세상 젖이 불어도 / 먹일 수 없는 엄마"(「엄마 생각」)와 같은 소멸의 절창으로 이어지기도 한다. 시인은 그렇게 "옛집의 낡은 음성"(「낮달」)을 미세하게 들으면서 지워져 가는 어머니의 모습을 여러 시편에서 증언하고 있다.

뒤의 시편에서는 지구 그림자 속으로 달이 들어가 안 보이게 되는 '월식' 현상을 통해, 다섯 살 때 엄마 등에 업혔을 때의 기억을 환기하고 있다. 누군가 달빛을 감아 자신의 어린 목을 조였던 환각, 가늘디가는 엄마 목을 끌어안았던 기억들이 하나하나 되살아나면서, 시인은 월식의 순간처럼 사라져간 엄마에 대한 간절했던 시간의 기억을 선명하게 그려내고 있다. 이러한 아득한 회상을 통해 그녀는 '엄마'가 자신의 오랜 상처였으며, 기억의 진원지였으며, 이제는 꽃으로, 기도로, 자연 현상으로 편재遍在하고 있음을 아스라한 부재의 형상으로 각인한다. 이처럼 '엄마(어머니)'는 박명숙 시편의 오랜 기억과 감각의 수원水源이라 할 것이다.

4

이처럼 부재와 편재를 한몸으로 묶어세운 박명숙 시편들
은 서서히 다양한 음역音域으로 확산되어간다. 가령 시인은
자연 사물에서 "숨죽인 여름의 눈빛 / 창궐하는 침묵"(「여름
우포」)을 보고 듣는 감각을 지니고 있다. 그렇게 민활하고 섬
세한 감각의 촉수로 사물의 특성을 관조하면서 그것을 군더
더기 없이 간결한 "한 줄의 / 문장처럼"(「오후 네 시」) 표현하
는 그녀의 품과 격이 오롯하게 다가온다. 태작 하나 없는 그
녀의 노래가 우리 정형 시단에 오래도록 숨어 있었던 까닭
이, 이렇게 오래 무엇을 다듬고 다듬는 감각에 있지 않았을
까 생각해본다.

귀뚜라미가 돌아왔다
못갖춘마디로 운다

허물 벗은 첫 소절이 물먹은 어둠을 파고든다

낯익은
울음을 만날 때도
모노드라마로 운다

가슴에 목젖을 묻고
초사흘 달처럼 운다

덜 여문 곡절들이 풀씨보다 쌉싸름하다

가다가
낯선 울음 채면
귀청을 딸각, 끄기도 한다
―「처서」전문

'처서'라는 절기를 구체적이고 생동하는 감각으로 재구再構
한 이 작품은, 그 상상력과 표현력에서 우리 정형 시학의 수
준을 한 단계 끌어올리고 있다. 잘 알려져 있듯이 '처서處暑'
는 가을로 들어가는 시간이다. 그러니 '귀뚜라미'가 돌아와
아직은 '못갖춘마디'로 울 수밖에 없을 것이다. 이제 막 허물
벗은 듯한 귀뚜라미의 첫 소절이 "물먹은 어둠을" 파고들면
서 초사흘 달처럼 덜 여문 채 쌉싸름하게 들려온다. 그 귀뚜
라미의 울음은 서서히 퍼져나가다가, 낯익은 울음을 만나면
모노드라마로 울고, 낯선 울음을 만나면 "귀청을 딸각" 끄는
상상적 과정을 치러낸다. 이처럼 계절의 변화, 낯익음과 낯
섦, 허물을 벗고 덜 여물기도 하는 자연의 이법理法 같은 것

들이 총동원되어, 처서 무렵의 계절적 감각을 가장 구체적인 것으로 만들어주고 있다. 그럼으로써 시인은 어떤 전언보다도 확연한 우리 삶의 감각적 비의秘義를 암암리에 전해주고 있다. 다음 시편도 그러한 감각의 쇄신과 구체화가 눈에 띄는 명편이다.

> 달빛이 칼날 물고 해인 계곡 건너간다
>
> 청솔 숲 베어내고
> 선바위 내리치며
>
> 백중날 해인 계곡을 소나기 달빛 건너간다
>
> 밤이 기울수록 달빛은 불어나고
>
> 건널 수 없는 대명천지
> 사나운 그 물살을
>
> 백중날 해인 계곡이 알몸으로 굽이친다
> ─「해인 백중」 전문

해인 계곡을 찾은 백중날, '소나기 달빛'이 칼날을 품고 숲을 베고 선바위 내리치면서 해인 계곡을 건너간다. 밤이 기울수록 계곡에 물이 붇듯 달빛이 불어나고, 그 사나운 달빛의 물살을 안고 "백중날 해인 계곡"이 굽이치는 장면이 포착된다. 세속에서는 흥겨운 잔칫날인 백중날에, 시인은 해인 계곡에서 "암늑대 / 주린 눈으로 / 고요가 / 일고"(「고요」) 있는 풍경을 잡아낸 것이다. 이러한 심미적 고요의 감각은 박명숙 시편의 매우 중요한 특장이 아닐 수 없는데, 예컨대 "징검 딛듯 논물 건너는 한두 마리 왜가리"(「오월 어귀」)나 "늑장 여름이 막 탈고한 혼신의 역작 한 편"(「홍련 소식」) 같은 묘사적 표현에서 그녀는 사물이 안고 있는 고요의 감각을 한 줄 문장으로 잡아채는 능력을 여러 번 선보이고 있다.

이렇게 박명숙 시편은 시간이나 공간의 형상을 가장 구체적이고 독자적인 감각으로 신생시킨다. 우리 현대시조가 얼마나 새롭고 개성적인 감각으로 쓰일 수 있는가를 실물적으로 보여준 것이다.

5

또 하나 이번 시집에서 우리에게 만만찮은 실감을 안겨주는 것은, 시인이 사람살이의 구체적 서사에 가닿았을 때다.

그러한 관심은 가령 "한세월 / 소장해도 좋을 // 명품의 / 그대 가난"(「은발」) 같은 삶의 아름다움과 신산스러움을 동시에 투시하는 시인의 따스한 품에서 발원한다. "굽이돌지 않으면 / 아무 데도 갈 수"(「회룡포에서」) 없는 뭇사람을 향해 시인의 오래고도 깊은 연민과 관심이 작동하는 것이다.

하루에 삼십 분쯤
하늘이 다가온다

죽어서도 가야 할 고향 하늘 아니지만

열아홉
검은 이마에
솜털이 일어선다

캄보디아의 가난은
차라리 청명했을까

삼십 분짜리 하늘 아래 딸 사진 들여다보면

한목숨

옮겨 심은 아이
꼬리연으로 날고 있다
—「초흐은릉엥—초은, 청주여자교도소」 부분

'초흐은릉엥'은 캄보디아 캄퐁참에서 한국으로 시집온 열
아홉 살의 소녀다. 한국 이름은 '초은'인데, 어떤 사정인지
남편 살해범으로 복역하다가 딸을 낳았다고 한다. 결혼 이민
자로 살다가 이국異國의 감옥에 갇힌 한 소녀를 떠올리면서,
시인은 그녀를 향한 강렬한 연민과 관심을 가진다. 하루에
겨우 삼십 분쯤 다가오는 하늘이 그녀에게는 "죽어서도 가
야 할 고향 하늘"은 아닐 것이다. 차라리 청명했을 캄보디아
의 '가난'을 회상하면서, 그녀는 삼십 분짜리 하늘 아래서 딸
의 사진을 들여다본다. 그 순간 한목숨 옮겨 심은 아이가 꼬
리연으로 날고 있는 환각이 그녀의 눈에 얼비친다. 천만 원
에 이국으로 팔려 온 그녀의 생애는, 돌아갈 수 없는 그리운
옛집을 꿈에서나 만나보는 과정으로 옮겨 간다. 그런 초은을
두고 시인은 "오늘은 / 내 팔 베어라 / 피에 젖은 초흐은릉
엥"이라고 불러보는 것이다.
　이처럼 시인의 따뜻한 시선은 여러 모양으로 삶의 구체적
흔적을 남기고 있는 이들을 향해 고요하게 다가간다. 그리고
뭇 타자를 향한 이러한 시선은 자기 성장의 과정으로 움직이

면서 그녀 첫 시집의 서사를 아름답게 완성시킨다. 말하자면
이번 시집 안에는 오래도록 숨겨왔던, 어김없이 자신을 구성
해왔던 고통스럽고 아름다운 성장의 기억들도 가득 들어차
있다.

　　이삿짐을 내렸다
　　머리칼까지 끌어 내렸다

　　무덤이 된 옛집이
　　적소보다 낯설다

　　초가을
　　거짓말처럼
　　하늘만 높푸르다

　　적빈을 완장인 양
　　차고 다닌 반평생

　　돌보지 않은 가난이 들풀보다 무성하다

　　초가을

하관을 하듯
내 빈 몸도 내린다
　—「이삿날」 전문

시인에게 '이삿날'은 마치 존재를 옮겨 가는 것 같은 '성장 서사'의 은유로 비친다. 이삿짐을 내리는 일은 머리칼까지 끌어 내리는 것이어서, 무덤이 된 옛집이 적소謫所보다 낯설게 되었다. 그렇게 가난을 완장인 양 차고 다닌 동안, 마치 하관을 하듯 '빈 몸'을 내렸던 시간들을 회상한다. 초가을 높푸른 하늘을 배경으로 '내렸다, 끌어 내렸다, 하관下棺을 하다, 내린다' 같은 수직 하강의 동사군群을 끌어들여 기억 속에서 '이삿날'의 통증이 어떤 것인지를 그려낸 것이다.

여기서 '하관'의 이미지는 '이삿날'에 대한 그녀의 기억을 오래고 아득한 추락의 이미지로 환기하게끔 한다. 더 나아가 시인은 '무덤, 옛집, 적소, 적빈, 가난, 빈 몸' 같은 폐허와 가난의 이미지군群을 불러내면서, '이삿날'로 은유된 자신의 성장 서사를 아프게 온축하고 표현한다. 우리는 이 짧은 시편 속에서 자신의 성장 서사를 단정하고도 풍부하게 담아낸 시인의 역량을 발견하고 확인하게 된다. 다음 시편에서도 시인 스스로 바라보는 자신의 시간이 넘쳐난다.

수인선 협궤열차 열세 시 반 차표 한 장
대합실 휑한 속을 갈바람만 뒹굴었던가
개찰구 문이 열리자 내 오후도 개찰되었다

옹색한 그 외길을 어떤 힘이 끌었는지
욕망이나 절망이나 가난 같은 바퀴들이
들바람 맞서 껴안고 얼마나 달렸는지

서해안 노을 앓으며 변두리를 돌던 일상
간밤 꿈은 굴러나가 통로 사이 걸리고
경적은 갯벌에 빠져 허리를 끊어냈다

끝물로 터지는 숨결 코끝이 달아올라
빗장 건 염전 몇 채 갈밭머리 내려앉으면
시간도 굼뜬 몸 일으켜 들불을 놓아가고

무거운 삶 매달고 건너가는 군자 달월 소래
첫눈이 곧 내릴까 여위는 걸음 잴 수 없는데
폐역엔 쿨룩이는 풀꽃만 입동을 떨고 있었다
—「그해 입동」 전문

이제는 사라진 수인선 협궤열차. 시인은 대합실 개찰구 문을 열 때 '내 오후'가 함께 열렸다고 고백한다. 협궤열차가 달리는 "옹색한 그 외길"은 "욕망이나 절망이나 가난 같은 바퀴들"이 껴안고 달린 자신의 가팔랐던 시간을 선명하게 은유한다. 그렇게 달려가 만난 '서해안 노을'과 '갯벌'에 그해 입동의 아픈 시간들이 박혀 있지 않은가. "빗장 건 염전 몇 채" 옆에서 시인은 그 오랜 시간들이 굼뜬 몸 일으켜 들불을 놓아가고 있음을 바라본다. 물론 상상적 장면이지만, 이 영상은 "무거운 삶 매달고 건너가는" 열차의 흐름에 몸을 맡긴 채 여위는 걸음으로 '폐역'에 다다른 자신의 통증을 넘어서는 '역동의 고요'를 다시 한 번 보여준다. '그해 입동'에 협궤열차를 타고 가파른 시간들과 만난 순간, 자신의 삶을 적셔온 시간들이 '충일'이나 '착근'의 이미지와는 정반대인 '소멸'과 '유적流謫'의 이미지로 존재한다는 것을 시인은 이처럼 고백한다. 그것이 '노을, 폐역' 같은 소멸 직전의 이미지로 간결하게 나타난 것이다.

6

박명숙 시편은 사물의 외관을 감각적으로 묘사하면서 거기에 자신의 내면과 기억을 결속시키는 방법에 의해 일관되게 쓰인다. 또한 근대적 시간을 뛰어넘으면서 가장 근원적인 경험적 시간을 재구성하는 방법에 의해 구축되기도 한다. 그녀는 사물의 안팎에 흔적으로 새겨져 있는 기억들을 거슬러 올라감으로써 우리 정형 시단에서 가장 간결하고도 속 깊은 서정을 구현한다. 그렇게 박명숙 시편들은 정형 양식이 가질 법한 내용과 형식 사이의 긴장과 상충을 충분히 감안하면서도, 개성적인 양식적 완결성을 구축해가고 있는 것이다.

우리는 시집 곳곳에 뿌려져 있는 "몰래 여윈 그리움"(「진달래 숲에서」)이나 "벼랑을 견디는 사랑"(「이월, 해운 동백」), "맹독의 사랑"(「천남성은 첫남성이다─이유미」), "사랑은 갈기"(「남원행」) 같은 정서적 역동성도 그녀의 목소리임을 잊지 않는다. 이러한 '사랑'의 시학이 아마도 다음 시집의 중요한 배음背音으로 나타날 것이다. 거기서 우리는 또 다른 '역동의 고요', 곧 "이따금 / 물 같은 적막"(「홀아비바람꽃」) 같은 그녀 시법詩法의 진경을 다시 한 번 만나게 될 것이다.

지금까지 읽어온 것처럼, 박명숙 시인은 우리 시대의 숨겨져 있던 미적 장인匠人이다. 오랫동안 그녀는 숨죽이면서, 여러 시편을 수차례 매만지고 다듬으면서, 어떤 것은 단호하게 버리기도 하면서, 첫 시집의 장경場景을 갈무리했을 것이다. 그래서 이만한 첫 수확을, 이렇게 느지막하게, 보란 듯이 우리에게 한 편 한 편 나누어주었다. 이 간결하고도 속 깊은

서정의 수확물들을 놓고 우리는 그녀 시편들이 형식적·내용
적 매너리즘과 힘겨운 싸움을 벌이고 있는 우리 정형 시단을
한동안 출렁이게 할 것으로 믿는 것이다.